Angélica Ferrarez
Jurema Araújo
Fabiana Pereira
(ORGS.)

O LIVRO NEGRO DOS SENTIDOS

mórula
EDITORIAL

REVISÃO
Vitória Cunha

ILUSTRAÇÃO (CAPA)
Val Pires — Xilopretura

DESIGN
Patrícia Oliveira

CIP-BRASIL. CATALOGAÇÃO NA PUBLICAÇÃO
SINDICATO NACIONAL DOS EDITORES DE LIVROS, RJ
Bibliotecária Camila Donis Hartmann — CRB 7/6472

L762

O livro negro dos sentidos / organização Angélica Ferrarez, Jurema Araújo, Fabiana Pereira. – 1. ed. – Rio de Janeiro : Mórula, 2021.
112 p. ; 21 cm.

ISBN 978-65-86464-50-4

1. Poesia brasileira. 2. Contos brasileiros. 3. Literatura brasileira. I. Ferrarez, Angélica. II. Araújo, Jurema. III. Pereira, Fabiana.

21-72572 CDD: 869
CDU: 821.134.3(81)

Rua Teotônio Regadas 26 sala 904
20021_360 _ Lapa _ Rio de Janeiro _ RJ
www.morula.com.br _ contato@morula.com.br
/morulaeditorial /morula_editorial

sumário

7 **Prefácio** Elisa Lucinda
11 **Apresentação** Jurema Araújo

16 **preliminares**
17 **Sexsentidos** Lourence Alves
19 **Gozo** Debora do Nascimento
21 **Trepada BEM trepada (manual do bom caminho)** Cassia Valle
23 **Deusa negra** Cristiane Sobral
25 **Flor engomada** Rosane Jovelino
26 **Cara ou coroa?** Jaque Alves
28 **Sonhos risíveis e possíveis** Helena Theodoro
31 **Beijo na face** Conceição Evaristo

38 **toque**
39 **Tentativas** Debora do Nascimento
40 **Aguar** Taís Espírito Santo
41 **Quarentena** Aira Nascimento
42 **Amor revolução** Cristiane Sobral
43 **Toc** Cristiane Sobral
44 **O corredor** Aira Nascimento

46 **som**

47 **Nossa primeira vez, preliminares** Janete Santos Ribeiro
53 **Toques na avenida** Sheila Martins
56 **Trovoada** Maitê Freitas
57 **Tamborilar** Miriam Alves
58 **Choveu** Miriam Alves
60 **Hit foda** Juh de Paula
62 **Preto deixa eu gozar** Dandara Suburbana
63 **Da rua** Maitê Freitas

64 **sabor**

65 **Me empresta você de novo?** Juh Paula
66 **Eriça...** Selma da Silva
68 **Encontro de uma tarde de verão** Cássia Valle e Luciana Palmeira
71 **Dieta** Dandara Suburbana
73 **Partilha** Carmen Faustino
74 **Lava de rio** Luciana Luz

76 **cheiro**

77 **Amor em braile** Jurema Araújo
78 **Cinzas de quarta** Fabiana Pereira
79 **Nariz erótico** Jurema Araújo

80 **olhar**

81 **A tela me seduz** Angélica Ferrarez
83 **Dona do prazer** Carmen Faustino
85 **Pela lente do amor** Angélica Ferrarez
88 **Noite preta** Taís Espírito Santo

90 **todos os sentidos**

91 **Caiu do céu? Não...** Dandara Suburbana
93 **CorPoesia!** Jaque Alves
95 **No fim das contas** Fabiana Pereira
96 **Faça existir** Rosane Jovelino

99 **Autoras**

PREFÁCIO

O que você vai fazer hoje à noite?

Por muito tempo as mulheres não podiam estudar, pois ficaram por séculos sem direito de se desenvolver intelectualmente e de, consequentemente, ecoarem seus gritos na cara da sociedade. Portanto, a nossa literatura, a voz feminina, ficou sendo "contada" pelo olhar masculino por um longo período da humanidade onde a maioria avassaladora das mulheres viviam, como muitas ainda vivem, em estado de extrema opressão psicológica, econômica, emocional. Uma barra pesada. Muito do que pertence ao que chamamos errônea e incompletamente de literatura universal, está apinhado de uma abordagem preconceituosa, machista e desrespeitosa sobre o feminino. Ou expectativas e sonhos "dos outros" depositados na figura feminina sem que esta fosse consultada sobre a ilegitimidade do sonho alheio sobre sua existência.

Grandes romances europeus de sucesso mundial, por exemplo, narram idílios nos quais uma mulher que deseja, que tem um amante, que assume sua libido, que namora outra mulher, é julgada e algumas vezes literal ou metaforicamente apedrejada em tais páginas.

Chegada então a pena, a caneta tinteiro, a palavra escrita enfim, às mãos da mulher, a coisa mudou bastante de figura, embora algumas preservassem o mesmo olhar machista sobre si mesma. São as vítimas de um patriarcado estrutural, marcado por rituais de dores abafadas, choros engolidos entre negócios, noivas e dotes, garantidos e sancionados pelo moralismo religioso.

Não é segredo para ninguém, nem a autocensura que se impôs sobre o corpo da mulher branca através dos tempos, nem o desrespeito pelo corpo e pela existência da mulher negra através deste mesmo tempo. Também não podemos fugir do racismo editorial que, numa sociedade igualmente discriminadora, está ainda representado por uma maioria avassaladora de escritores brancos. O que disse até agora é que por muito tempo nosso lugar de fala ficou na boca dos homens e, depois, a existência narrada das realidades de todas as mulheres foram contadas só pelas mulheres brancas.

Por isso foi como um respiro ler *O Livro Negro dos Sentidos*, a palavra saída da ancestralidade, brotada de uma cultura candomblecista que não culpabiliza o prazer.

O conjunto de orixás, referência simbólica de fundamento afrocultural, expõe um imaginário onde o amor e o desejo desses deuses e deusas não se contrapõem à sua condição de divindade. Não há ameaça. Onde há Oxum, Iansã, Iemanjá, Nanã e tantas outras, o conceito de virgindade não encontra sentido, nem lugar, é antinatureza. Ser puro é ser genuíno, raiz. Nada tem a ver com sexo. No que podemos chamar de mitologia negra, a força de uma divindade não precisa do que querem chamar de pureza sexual, negação da libido. Aqui, o sexo também é uma forma de louvar a criação, um respeito à obra de Deus.

Passeei por vários contos e poemas "esculpida de alegria", como diz Conceição Evaristo no seu belíssimo *Beijo na Face*.

Há uma mistura de gerações aqui muito interessante e que não tem medo de falar dos encaixes, do gozo, da loucura que esse poderoso torpor nos provoca. Corajoso, recheado de amores e encontros de toda sorte. A natureza é sortida, diversificada e assim são suas filhas aqui. Entre liras e prosas poéticas de estilos e estéticas diferentes, sentem as penetrações, gemem, se extasiam, se lambuzam nas seivas de outras mulheres e vão tecendo sua verdade, seu lugar de fala erótica e, por que não, sua estreia? Afinal, nunca houve no mercado brasileiro tanta presença negra como agora. Queremos exercitar nossas estéticas, errá-las, compreendê-las, ousá-las, descobri-las, surpreendê-las. São glórias que só o exercício, a experiência da realização do urdir as tramas, se tornam concretas.

É noite, não vou dar spoiler, estou aqui para convidá-los a viajar pela força e pela delicadeza literária e honesta de nossa sacanagem.

Inverno frio/noite quente/junho, 2021.

ELISA LUCINDA

Apresentação

Me desculpem, mas não posso deixar de ser eu! Eu preciso dizer! Sabe aquelas palavras a que a gente não atribui sentido? A gente as lê pelos diversos textos, nós ouvimos as pessoas pronunciarem esses vocábulos, mas a gente simplesmente não os percebe, passamos por eles sem lhes dar importância! Eu confesso: eu não sabia o que era curadoria! E, aí, Angélica e Fabi me convidaram para ser curadora de uma coletânea de textos eróticos. O erótico eu entendi bem, agora a curadoria... Eu sorri tímida e envaidecida, acho que agradeci — espero que sim. Pensei comigo: que por-ra é essa, minha mãe?! Esse nome pomposo que eu vou ter que descobrir fazendo, o que é?

Agora, exatamente nesta altura da estrada, eu sei o que é ser uma curadora: é fazer amor com os textos alheios — com a arte alheia — na intenção de gerarmos um livro. Foi exatamente isso o que eu fiz! Me despi para percorrer com o meu olhar lascivo de literariedade cada texto de cada autora deste livro. E eu me envolvi em palavras e sentidos dos outros, gozei penetrada por poemas que não escrevi; contos, que nem ousei, me reviraram por dentro, mexendo com meus sentimentos, com a minha libido! E foi um orgasmo maravilhoso e incomum, etéreo, corpóreo, sublime; intelectual, mas muito sensível!

E esses textos pulsavam como grelos aguçados pelo desejo, encharcados, escorrendo gozo em cada pronúncia minha, em cada leitura! Palavras que me engoliam em suas vulvas de significância safada, Kama Sutra dos vocábulos, me fazendo mergulhar mais fundo nesse universo molhado das fêmeas negras! Sim, porque essas mulheres negras foram ao fundo dos seus tesões e transformaram em arte da palavra as suas mais profundas fantasias eróticas.

Essas obras estão pulverizadas pela e impregnadas da visão de cada escritora sobre sua própria maneira de vivenciar a sexualidade: livremente, enegrecidamente para si mesmas, do nosso jeito, empoderadas!

Escolhi espalhar os textos pelo livro em diferentes partes, cada obra organizada de acordo com o que apresentava de mais delicado, explosivo, evidente ou implícito!

Para abrir a porta das delícias para essa negressência envolvente, as nossas *Preliminares*, com textos que vão introduzir leitores a esse mundo das delícias. É uma carícia mais geral, delicada ou explícita de reconhecimento dos temas abordados pelos textos no restante do livro.

Em seguida vem o calor do *Toque*, abordando aquilo que a pele consegue sentir de fogo, de textura! Aquela energia emanada, que nos atrai e queima ou gela gostoso nossos corpos, que faz nossos hormônios explodirem e começarem a acordar os outros sentidos... O contato com uma boca molhada e quente é muito excitante, ou um passeio pela pele que percebe a maciez do outro! Nós somos seduzidos pelo toque quente e macio, firme ou suave que arrepia a pele e dá aquele desconforto adorável que percorre do pescoço às costas e só vai parar no dia seguinte! E o calor dos lábios, da boca, língua úmida na pele? Ah, a língua na orelha, huummm, ou a pele na pele, ou a pressão de uma pegada com um pouco ou muito de dor — quem sabe? Experimentem esse sentido... aqui, neste livro!

O *Som* — ou melodia? — apresenta obras em que a atração é pelo ouvido: a voz, os sussurros, a música que permite o encontro dos corpos e vira tema do... desejo! Para alguns, alguém com uma bela voz só precisaria ter cordas vocais, pois um tom rouco, forte ou melodioso seria um sexo auditivo! Com todos os xingamentos ou palavras doces ditas ao pé do ouvido, suficientes para arrepios, aqueles que eriçam os pelos, passeiam do pescoço ao cóccix... leitoras, leitores, leitorxs, vocês apreciarão aqui.

No *Sabor*, percebemos nos textos que a língua faz bem o seu papel de provar o gosto do outro em seus lugares mais escondidos, ou passeia pelo corpo para se deliciar com o saborzinho da pele. Às vezes esse órgão é usado para saborear o néctar do outro. A ideia de alguém dividindo o seu morango ou uma deliciosa e suculenta manga através de mordidas e lambidas é muito sedutor. Mas nada é mais delicioso que saborear as grutas e picas de quem está conosco. Meter a língua lá dentro para degustar uma frutinha... Ou ficar horas sentido na boca o gosto da cabeça de uma seta... mamar um peitinho delicioso para degustar os mamilos! Isso tudo é decorar alguém pelo *Sabor*.

Há textos em que o nariz é que desencadeia o desejo. O *Cheiro*, minhas caríssimas leitoras, leitores, leitorxs, pode nos despertar para as delícias do desejo. Por exemplo, uma pessoa tão cheirosa que nossa vontade é sair engolindo-a pelo nariz... Quando se percorre o corpo alheio com o nariz, começando pelo pescoço — uau, aquele arrepio deliciosamente incômodo que percorre a espinha, desnudando a alma! O nariz despudorado vai até a nuca e captura o aroma do outro a ponto de, na ausência dessa pessoa, ao sentirmos o mesmo cheiro, isso evocar lembranças olfativas, ou, o inverso, nossas lembranças nos invadirem e trazerem o cheiro excitante daquela pessoa.

Chegamos então ao *Olhar* — Ah, o voyeurismo nosso de cada dia! Fiz essa seleção misturando os textos em que o desejo parte desse ponto... de vista! É pelo olhar que os textos apresentam o desejo, o tesão, e através dele vão trazendo os outros sentidos. Às vezes um sorriso é tudo que precisamos para enlouquecer. E a troca de olhares? Aquele olhar de "te quero agora", aquele olhar de posse que magnetiza o outro. Tem o olhar de soslaio, aquele que desviamos quando o outro vira a cabeça, tipo brincadeira de gato e rato. Então, quando nos pegam com os olhos na botija, não podemos fazer nada além de abrir um largo sorriso.

Por último é a explosão! Os textos misturam *Todos os Sentidos*, que parecem em alerta para que haja o gozo maior, aquele orgasmo.

É lógico que nada está tão separadinho nos poemas e contos aqui explícitos, alguns são sutis. O tesão mexe com todos os sentidos e, antes de tudo, com a nossa cabeça. É lá que ele acontece e há conexão com todo o nosso corpo. Eu os organizei de acordo com o que percebi ser interessantemente marcado no texto. Podem discordar à vontade! Mas para mim tem aquele sentido por onde o desejo passa e explode — perceber qual é delicioso. Agora, poder transformar tesão em arte é nos libertarmos de toda a prisão dos preconceitos e estigmas que essa sociedade brancocêntrica nos encurralou.

Todas as vezes que uma escritora negra transforma em arte o erótico, nós quebramos essas correntes nefastas do racismo que tolhe seu corpo, reprime sua sexualidade e nos transforma em objeto da cobiça do outro. Fazer do erótico poesia é a retomada de poder sobre o próprio corpo e viajar sem medo pelas delícias do desejo.

É preciso enegrecer nossas mentes e corpos, enegrecer nossa sexualidade, retomarmos nossos prazeres e nos apropriarmos do nosso gozo! Só assim seremos livres. Todo esse processo é uma conquista e se passa com dor, mas com uma felicidade ao nos descobrirmos muito diferentes do que nos haviam enquadrado.

O erótico literário somos nós transformadas em arte. Aqui mostramos uma das nossas melhores partes, nossa visão do amor molhado pelo gozo, temperado pelo erógeno espalhado em nossos corpos, traduzido por nossas consciências artísticas! Somos múltiplas e dividimos essa multiplicidade de sensações em palavras gotejadas de tesão! Sim, até nossas palavras gotejam o nosso desejo, molhando nossos versos, transformando nossas libidos em parágrafos. Gozar para nós, caras leitoras, leitores, leitorxs, é uma conquista que só acontece quando nos despimos da roupa em que a sociedade racista nos prende.

Por fim, pari nosso filho. Filho dessa relação lesbioliterária em que óvulos se encontram e se fecundam! Ainda me sinto de vocês, de nós. Então, meus amores, degustem, deleitem-se, deliciem-se com nossas palavras.

JUREMA ARAÚJO

preliminares

Sexsentidos

LOURENCE ALVES

Sexo pra nós tem cor. Num tom dado, a partir da escura preferência, com quem trocamos energias e fluidos. Água. Nosso sexo é ímpar, melaninado, colorido. É tonalizado em singulares degradês de marrom. Essa parada de sexo pá pum, olhou... fudeu... mal viu quem se comeu... é história que gente outra conta na tevê, no filme, pra inglês vê... fanfarronice da roda de conversa cirandeira, só pra te convencê.... que seu corpo não vale o esforço... tempo... a dedicação de uma troca harmoniosa, de potências retintas.

Sexo pra nós tem cheiro. Exalando no calor-dendê. Odor, torra, café, cacau, malte. Ar. Resultado de misturas únicas, fenóis cítricos e voláteis. Estabilizado na densidade do leite... de coco, castanhas... de caju, do Pará. Amendoim quentinho, envolvido no pacote de papel pardo, cálido na brasa de carvão. Sexo de corre não é nosso... é o que nos foi imposto no motel da hora do almoço, na transada nos fundos da cozinha, no quartinho de empregada, na lateral da senzala, no meio da plantação. Nosso sexo tem tempo próprio de um olor que se espalha calmamente e entranha.

Sexo pra nós tem tato. Preta, prata, pele que reluz e transborda no toque. Terra. Somos corpos de escarificadas histórias, tracejados ancestrais. Nosso sexo tem formas circunferências--caminhos, palmilhados a cada curva, por estrias estradas e côncavas celulites. As dores compulsórias, marcas doloridas, de tantas nossas renegadas, invadidas, violadas, profanadas, não nos definem. Re-existimos a dor e na dor para ressignificar nossos corpos. Somos mãos, pés, pele, corpo inteiro e somado. Muito mais que unicidade, existimos na soma.

Sexo pra nós tem gosto. Amalá fumegante, ovo fecundo de omolocum. Fogo. Nosso sexo gera vida, potencializa energia. É axé de akará fritando. Intenso, cortante. É ardência complexa de pimentas de muitas cores, formas, cheiros, intensidades. Mais que comidinhas.... de madrugadas, lanchinhos, somos pensão completa. Comida de vagarosa digestão, nada de extravagâncias de fins de semana, devaneios de carnaval, permissividade de férias, somos almoço de domingo. Um tempo, sem tempo, no tempo que dá, não nos cabe... resulta em indigestão.

Sexo pra nós é audição. Escuta, cadência, rebolado e marcação. Som. Nosso corpo é templo, o ritmo, o intento, a energia e o tempo, tem outro compasso no embalo dos corpos. Os ruídos de objetificação de instrumentos descoloridos, desalinham nossa sinfonia multicor. Nossos corpos tingidos têm ritmo próprio. Bailamos mais potentes no encontro tingido de tambores-raízes... Nossa preta comunhão tem arranjos elaborados, maxixe, coco, congada, samba de roda. É circularidade sonora, preta ausculta de gemidos, gozos de um prazer partilhado.

Sexo pra nós é intuição. Percepção extrassensorial em potência. Axé. Consagrado entre nós, identidade-negrume, é prática cinestésica de respeito, autocuidado, preservação mútua. Visão holística das artimanhas de "quem tem tudo menos cor, num mundo onde a cor importa demais". Nosso sexo é conjugação mais que perfeita das cinco essências, cor, cheiro, tato, escuta. *Sexsentido*, em 75% de água, para aqueles de nós que se permitem fluir.

Gozo

DEBORA DO NASCIMENTO

Falos
Bucetas
Rasgos
Cus
Orifícios

Nada disso provoca
NADA

Dobras, línguas, sorrisos
Olhares, suspiros
Respiração pesada sobre a pele
Eriçada

É disso que gozo, desejo, propago

Ninguém goza com orifícios,
Mas com nervos
Terminações milimétricas, internas,
profundas
Em elétrico descompasso

Mas ninguém erotiza eletricidade

Erotizam corpos que
Só desejam
Existir, ir, vir, se expor, desejar
Livremente sentir com todas as suas
Partes

É com a expectativa que se goza
Ainda que da dor
Do poder
Da dominação
De subjugar

Ou da expectativa
De amar
Ou ser amado
Trepar livremente
Gozar sem expectativa é também expectativa
De experienciar o novo
Um gosto
Textura
Um corpo

Goza-se no todo
E em parte

Mas é por não observar atentamente nosso gozo
Que tantas vezes deixamos de gozar

Trepada BEM trepada (manual do bom caminho)

CASSIA VALLE

Gosto de trepar
Mas não aceito qualquer trepada
Gosto mesmo é de uma trepada BEM trepada

O começo é uma enroscada arrepiada
Uma língua despudorada,
Curiosa, sempre em busca de novas zonas de prazer

Gosto de gargalhar em plena gozada
Sorriso de satisfação e tesão
Eu me deleito em uma trepada BEM trepada

E para isso acontecer, não se pode ter medo de nada
Tudo é pura entrega e
não dá pra ter zona censurada
Tem que ter alma depravada
Fantasias liberadas
Gostar de lambuzar e ser lambuzado,
usar e ser ousada.

Uma trepada BEM trepada
É uma coreografia
Arte da composição estética dos movimentos carnais
Um sexo inspirado e conduzido pelo desejo
[de deliciosas sensações
Energia corporal expressiva,
que passa de ritualística pra cênica e espetacular

É exatamente como a música
Combina silêncio,
vários ritmos e sons,
seguindo uma pré-organização gradual
Tem melodia, harmonia e cadência

Gosto de associá-la a um cafuné
Carícia marota
Afago na alma
Acariciar por simples afeto
Mimo delicado, que arrepia.
Brinca com os sentidos
Nos invade e contagia

Uma trepada BEM trepada.

Deusa negra

CRISTIANE SOBRAL

A solidão é uma deusa negra
preta rainha mística
que acaricia o seu black dourado pixaim
deliciosamente power rainha egípcia
a dizer sim

a solidão da mulher negra
é livre
leve e solta
medita em posição de lótus
nos quatro cantos do mundo

a solitude da mulher negra
goza em seu ofício
ama a si mesma como quem explode fogos
de artifício
lidera um exército ético de atitudes

há uma mulher ainda mais preta
dentro de mim
pronta pra nascer
brotar plena delicioso jasmim
borboleta de fogo clitóris de Iansã

essa fêmea escura vitoriosa xamã
sou eu bailando na minha íris
legítima descendente de Osíris
primeira ancestral matriarca
transcendental do clã da terra.

Flor engomada

ROSANE JOVELINO

Já nasci assim, soberana
Entre as pernas
Flor engomada
De doces camadas
Broto sabores delícias
Serenas e quentes
Natural de mulher a puta
Sem regra, em ti
Deságuo suco e seiva
Renovação
Existo viva
Tecida em água
Perfumo
Lambuzo
Embriago
Incendeio
Mergulho profundo, caminho da vida
Ventre interno
Divina dos mistérios e segredos
Levo ao delírio
Puro prazer
Clitoriano estridente em orgasmo até o fim
Já nasci assim, natural
Revelada a mim
Flor plena, voraz do meu suco e leite
Sacio o amor
Todo meu

Cara ou coroa?

JAQUE ALVES

A fusão interna se dá em sua gênese
o descobrimento é libertador
se abre o novo mundo que sempre esteve ali, fecundo
Tira da sua cabeça, não é indecisão
como diz Patrícia Meira: "são sentidos, sentindo muito"
meu corpo se entrega, minha alma se liberta
e nesse momento sei muito bem onde estou
em mim mesma
sou campeã no entendimento do meu ser interno
e bicampeã nesse rótulo imposto tatuado na minha pele,
modificando conceito que não cabe no meu peito
por ser ampla demais
sou inteira demais
para caber em meias verdades, vontade
sensação singular que se torna plural ao me rebelar
eu gosto é da amplitude que o universo desperta:
do café com leite,
do queijo com goiabada,
do ímpar ou par,
do cara ou coroa,
do ele e ela, unidos em um só contexto
bivolt na rede elétrica corporal que perpassa
em cada ciclo monumental
pele em fogo, arde

um toque, um suspiro, uma tensão
construída nessa sensação de inadequação
e não faço questão,
eu quero é intensidade, desejo "E eu gosto
[de meninos e meninas..."
Eu sei muito bem o que eu quero,
é um autoconhecimento e uma autoaceitação
e não um desvio de comportamento
é uma definição, e eu mesma encontrei
para que ninguém mais encontrasse por mim
enxergo além de tudo que é visível
e adentro minha subjetividade, sentindo o inexplicável
Então toma,
nessa "predominância" de heteronormatividade
me encaixei, literalmente
na minha BISSEXUALIDADE.

Sonhos risíveis e possíveis

HELENA THEODORO

Mais um verão se vai marcando o septuagésimo sétimo de minha vida. Muitas lembranças de risos e encontros com as muitas mulheres de minha família que me ensinaram a ser negra, guerreira e orgulhosa de mim. A primeira delas foi minha mãe. Linda, de personalidade forte, que me ensinou muito cedo a ter orgulho de ser mulher negra, pensante e plena de sexualidade. Sua relação com meu pai era apaixonada. Ela suspirava quando falava dele, principalmente quando ele viajava a serviço pelo Brasil a fora. Dizia sempre a falta que sentia do calor dele a seu lado, de sentir sua respiração em seu pescoço e de seus braços em torno de seu corpo. Certa vez perguntei se ela não dormia melhor sozinha, com mais espaço na cama. Ela riu muito e me falou: "filhinha querida quando você estiver mais crescidinha entenderá que estar nos braços do homem amado é como uma gota de água que se torna um rio caudaloso, é como ter um sonho bom, numa viagem que te leva a lugares incríveis onde tudo explode em luz, calor e alegria. Quando seu pai chega tudo ganha novas cores, o dia fica mais bonito e tenho vontade de cantar, tocar piano e gargalhar muito". Eu não entendia muito o que ocorria, mas com o passar dos anos fui vendo mamãe com suas irmãs em risos e cochichos sobre seus parceiros e sua disposição para trabalhar, cantar, se cuidar e se enfeitar. Minha mãe falava de minha avó que costurava muito bem e era excelente cozinheira e que tinha dado ao meu avô paterno anos de alegria e prazer num encontro inesperado. Ela viúva e ele separado da mãe de meu pai. Se envolveram e formaram um feliz casal. Minhas tias ficaram felizes, apesar de algumas pessoas amigas acharem que meu avô paterno e minha avó materna, com mais de sessenta anos, não precisavam mais namorar e muito menos se juntar. Eu na minha adolescência, não entendia para que avós precisavam dormir juntos. Minha Tia Dulce, a mais velha, sentou um dia comigo e comentou: "Leninha querida, mulher é mulher até morrer. A sociedade inventa a velhice como se fosse o fim de tudo. Bobagem, envelhecer é também ganhar sabedoria e aprender a lidar com os outros com mais prazer e alegria. Quando se sonha sozinho, esse sonho se esvai. Quando se sonha junto, ele vira realidade. Olhe seu pai e sua mãe, minha irmã Zédia e seu marido. Quanto mais tempo convivem, mais carinho e entrosamento conseguem. Quando existe amor e prazer na relação ela faz bem aos dois. Seu avô não encontrou felicidade com a mãe de seu pai, mas achou o que procurava em sua avó materna. Sonhos alegres se tornam possíveis quando são sonhados por dois ou mais". Nunca mais esqueci as palavras de minha tia. Hoje, com mais de setenta, num terceiro casamento, me vejo plena, satisfeita, com um parceiro que me dá a sensação tão bem descrita por minha mãe, ser um rio caudaloso, pleno de alegria e prazer. São mais de vinte anos de encontro e a cada dia parece que fica melhor. A invenção social da velhice só busca controlar nossos corpos e mentes que se expandem com o sexo e com o prazer. Pensar eroticamente faz parte da vida de todos nós e quando nos descobrimos como mulheres negras, que na nossa tradição não há culpa nem pecado, e que Oxum representa a feminilidade, o mel que adoça nossas vidas, bem como ser guerreira e combativa faz parte do princípio feminino, louvo minha mãe e minhas tias, chamadas carinhosamente por meu pai, de "a máfia do bem", e me vejo, sonhando sonhos risíveis que se tornam possíveis apesar da idade, do tempo e dos problemas, pois fazem parte do nosso existir. Todas elas adoravam o samba e saíam como baianas do Salgueiro, escola de samba da família, nos mostrando sua força e sua tradição, trazendo a alegria e a sabedoria para todos, tornando o envelhecimento uma etapa de vida que nos dá limites, mas também muitas possibilidades de ser, de ter prazer e de dar prazer. Minha prima Odete fez noventa anos e comemorou com o Boteco da Vó Odete com muita comida, muito samba e muito amor, dançando muito e indo até o chão no seu sambar, deixando o parceiro orgulhoso com seu desempenho. Espero chegar lá. Sonhar não custa nada!

Beijo na face

CONCEIÇÃO EVARISTO

Salinda tombou suavemente o rosto e com as mãos em concha colheu, pela milésima vez, a sensação impregnada do beijo em sua face. Depois de um gesto lento e cuidadoso, abriu as palmas das mãos, contemplando-as. Sim, lá estava o vestígio do carinho. Algo tão tênue, como os restos de uma asa amarela, de uma borboleta-menina, que foi atropelada nos primeiros instantes de seu inaugural voo. Rememorou ainda o corpo que um dia antes estivera em ofertório ao seu lado. Tudo parecia um sonho. Os toques aconteceram carregados de sutileza. Carinhos inicialmente experimentados apenas com as pontas dos dedos-desejos. Ela estava aprendendo um novo amor. Um amor que vivia e se fortalecia na espera do amanhã, que se fazia inesperadamente nas frinchas de um momento qualquer, que se revelava por um simples piscar de olhos, por um sorriso ensaiado na metade das bordas de um lábio, por um repetir constante do *eu te amo*, declaração feita, muitas vezes, em voz silenciosa, audível somente para dentro, fazendo com que o eco dessa fala se expandisse no interior mesmo do próprio declarante.

No princípio a aprendizagem lhe custara muito. Acostumada ao amor em que tudo ou quase tudo pode ser gritado, exibido aos quatro ventos, Salinda perdeu o chão. Habituada ao amor que pede e permite testemunhas, inclusive nas horas do desamor, viver silente tamanha emoção, era como deglutir a própria boca, repleta de fala, desejosa de contar as glórias amorosas. E por que não gritar, não pichar pelos muros, não expor em outdoor a grandeza do sentimento? Não, não era a ostentação que aquele amor pedia. O amor pedia o direito de amar, somente.

Salinda tentou guardar em si as lembranças e retomar a rotina. Era preciso viver a calma e o desespero como se nada estivesse acontecendo. Havia quase um ano que a felicidade lhe era servida em conta-gotas. Pequenas gotículas que guardavam a força e a parecença de reservatórios infindos, de represas de felicidade inteira. Mesmo estando entupida de alegria, com uma canção a borbulhar no peito, Salinda precisava embrutecer o corpo, os olhos, a voz. Estava sendo observada em todos seus movimentos. A vigilância sobre os seus passos pretendia, se possível, abarcar até seus pensamentos. Ela, que até então fora sempre distraída, teve de aprender a prestar atenção a tudo e em todos. A mulher ou homem que estivesse assentado ao seu lado no ônibus poderia ser o detetive particular que o seu marido tinha contratado para segui-la.

Ao se lembrar do marido, Salinda foi até o quarto desfazer a mala, que estava ali abandonada desde manhã. Tinha ido até Chã de Alegria, deixar as crianças de férias com a tia. Era para aquela cidade que viajava sempre com os filhos. Além da ida ao trabalho, Salinda não podia sair só. Os filhos, sem saber, tinham sido transformados em vigias da mãe. A viagem de regresso, que ela fez sozinha, foi controlada desde o momento que deixou a casa da tia. No princípio, logo começou a ser vigiada, chegou a pensar que estivesse sofrendo mania de perseguição. Confirmou, porém, que estava sendo seguida, quando, numa noite, o marido, julgando que ela estivesse dormindo, falava alto na sala ao lado e sem querer ela ouviu todo o teor da conversa. Ele pedia notícias de todos os passos dela. Depois a confirmação foi se dando pelas notícias que ele trazia.

Ela tinha sido vista em tal e tal lugar. Salinda entendeu o comportamento do marido. Estava a vigiá-la, mas ao invés de agir em silêncio, vinha de própria voz alertá-la. Era como se ele buscasse retardar um encontro com a verdade.

Aos poucos as ameaças feitas pelo marido, as mais diversificadas e cruéis, foram surgindo. Tomar as crianças, matá-la, ou suicidar-se deixando uma carta culpando-a. Salinda, por isso, vinha há anos adiando um rompimento definitivo com ele. Tinha medo, sentia-se acuada, embora às vezes pensasse que ele nunca faria nada, caso ela o deixasse de vez. Aprendera, desde então, certas artimanhas, sondava o terreno, procurava saídas. Aos poucos foi se fortalecendo, criando defesas, garantindo pelo menos o seu espaço íntimo.

Tia Vandu, em Chã de Alegria, era única pessoa que adivinhou o sofrimento de Salinda, acolheu seu segredo e se tornou cúmplice. Era na casa da tia que os encontros aconteciam. De noite, depois das crianças, desconhecendo o que se passava com a mãe, dormirem, Salinda, no quarto destinado a ela, podia se dar, se ter e ser para ela mesma e para mais alguém. Tia Vandu era guardiã do novo e secreto amor de Salinda.

Salinda desfazia a mala relembrando o seu regresso de Chã da Alegria. Voltava para casa trazendo lembranças entalhadas na memória. Jogou algumas roupas no tanque; outras, ainda úmidas do desejo que brincava nos corpos amantes, para essas, ela inventou um esconderijo. Queria a preservação do tesouro, que as peças mofassem sob a ação do tempo íntimo de sua esperança.

Havia dois tempos fundamentais na vida de Salinda: um tempo em que o marido estava envolvido e cada vez mais se diluía e o tempo em que o novo amor se solidificava. Daí uns minutos, o homem chegaria, poderia vir calmo, amigo como nos bons tempos de namoro e ainda durante alguns anos de casada. Sim, tinha sido dele, o lugar do cálido amor de adolescente. Foi ele a primeira pessoa que a tornou apta e ávida para todos os demais amores que ela veio a ter. Podia chegar também amargo, agressivo, infeliz, querendo arranhar a face da felicidade dela. Vinha então com as perguntas de sempre: o que ela fizera durante os anos em que, ainda solteiros, terminaram o namoro e se separaram? Quem era o homem, pai da primeira filha dela? Por que depois de tanto tempo afastada, ela aceitou voltar a se casar com ele? E assim, aos poucos, Salinda foi percebendo que nunca deveria ter assumido novamente uma relação com ele. Reconhecia, entretanto, que antes, tanto na época do namoro da juventude como no próprio casamento, eles haviam experimentado tempos felizes.

A mala ia sendo desfeita lentamente enquanto tempos distintos amalgamavam-se em suas lembranças. A imagem dos filhos voltou à sua mente. Estavam de férias, e a melhor companhia para eles no momento era, sem dúvida, a Tia Vandu. Um misto de tia-avó, mãe e amiga. A casa sem as crianças tinha o silêncio que brincava matreiramente nos cômodos. A ausência de qualquer som transportou-a novamente para os poucos dias vividos em Chã de Alegria. No dia anterior tinha levantado cedo, guardando no rosto e no corpo as marcas do encontro vivido na noite. Feliz, cantou, soltou a voz pelas terras de Chã de Alegria. As crianças acordaram ao som da ave-mãe que não estava presa na gaiola. A mais velha, menina se maturando mulher, olhou Salinda nos olhos e sorriu. Ela recolheu o sorriso da filha e percebeu na atitude da menina uma possível cumplicidade, que esperançosamente guardou e aguardou poder realizar um dia.

Distraída em desarrumar a mala e em reviver várias lembranças, Salinda não percebeu o avançar das horas. Quando deu por si já era noite. Estranhou o silêncio e a ausência do marido. Ele não tinha ido buscá-la na rodoviária, mas, assim que ele chegou, recebeu um telefonema dele dizendo que estava na casa da mãe. Ela admirada, gostou. Depois de longos anos, ia poder ficar sozinha. Havia uns cinco anos, desde que ele desconfiou dela com um colega de trabalho, um inferno na relação dos dois havia se instaurado. Das perguntas maldosas feitas de maneira agressiva surgiu uma vigilância severa e constante que se transformou em uma quase prisão domiciliar. Ela respondeu com um jogo aparentemente passivo. Fingiu ignorar. Era apenas uma estratégia de sobrevivência. Ensaiava maneiras de se defender aguardando as crianças crescessem um pouco mais. Quando foi iniciado o cárcere doméstico, a menina que ele havia assumido como filha desde os onze meses tinha treze anos.

Mas por que o marido estava demorando tanto? Ela começava a se atormentar. O que estava por traz daquela ausência tão silenciosa? O que tinha acontecido? O que estava para acontecer? E sua vida secreta? Será que o segredo havia sido descoberto de alguma forma? Salinda tinha viajado com as crianças. Sair com os filhos não levantava suspeição alguma. E quando qualquer desconfiança acontecia, o marido aplicava suas táticas interrogativas. As crianças eram conclamadas a falar exaustivamente sobre o passeio. Inocentemente narravam tudo, felizes por estarem conversando com o pai.

Salinda se lembrou das ameaças do marido. Preferiu desacreditar que ele tivesse coragem suficiente para qualquer decisão. Entretanto, não se tranquilizou, alguma coisa estava acontecendo. Levantou aflita procurando os cigarros. Buscou uma caixa de fósforos que deixou cair no chão. O ligeiro barulho de caixa caindo no solo retumbou como uma bomba atômica, e Chã Feliz se desenhou em sua mente. Tinha ido ao circo com as crianças em um dos dias que ficara na casa da tia. Estava mais entusiasmada do que elas. Bem cedo, quando a manhã ainda estava no nascedouro, ela gozou antecipadamente a doce aflição que sentiria à tarde ao deparar-se com o equilibrista. No circo, o momento que Salinda mais gostava, era o de vigiar a acrobacia do bailarino na corda bamba. Naquele dia, quem se apresentava era uma mulher. Salinda vigiou os passos cambaleantes da moça tentando se aprumar sobre um tão fino e quase imperceptível fio. Ela sabia que, qualquer passo em falso, a mulher estaria chamando a morte. Por um momento pediu para que tudo se rompesse. E, como equilibrista, ela mesma sentiu um gosto de morte na boca, mas logo se recuperou mordendo novamente o sabor da vida. Seu hálito ainda estava impregnado do amor vivido na noite anterior. Levantou-se acompanhando com gosto o jogo da dançarina na fugaz linha da vida. A mulher cambaleava, titubeava no espaço. Ia cair? Recuperou-se em seguida, com um passo-gesto redondo, próprio e justo, no fino fio estendido sob seus pés. O público aplaudiu. Vozes infantis norteavam a alegria dos demais. Salinda voltou vitoriosa do circo.

A ausência e o silêncio do marido continuavam. O telefone tocou. Levantou preparada, sabia que era ele. Do outro lado do fio, com uma voz forçosamente calma, o marido anunciou que já sabia de tudo. Perguntou se ela havia esquecido de que os olhos da noite podem não ser somente estrelas. Outros olhos existem; humanos vigiam. E riu debochando do descuido dela e da tia. Disse ainda que não queria vê-la nunca mais, mas era bom ela ir se preparando para uma guerra. Não ia matá-la. Não ia cometer suicídio. Mas ia disputar ferrenhamente os filhos. Ele queria os filhos, todos. Ah, queria!... Salinda recebeu o golpe com a cabeça erguida. Sua voz não podia demonstrar nenhum temor. Batalhas viriam, piores, mais cruéis que as anteriores.

Sentiu, porém, certo alívio. A verdade tinha sido apresentada, por pior que fosse a dor. O que fazer? Que cuidados e providências tomar no momento? A quem recorrer? E as crianças? Não, ela não ia desistir delas. Seus filhos eram uma opção que ela fizera para sempre. Sentiu-se desesperadamente só. Quis ligar para a Tia Vandu, ponderou, entretanto, que seria melhor esperar um pouco. À noite as crianças sempre ligavam para casa quando estavam por lá. Agora mais do que nunca precisava do abrigo-coração da velha.

Tentando se equilibrar sobre a dor e o susto, Salinda contemplou-se no espelho. Sabia que ali encontraria a sua igual, bastava o gesto contemplativo de si mesma. E no lugar de sua face, viu a da outra. Do outro lado, como se verdade fosse, o nítido rosto da amiga surgiu para afirmar a força de um amor entre duas iguais. Mulheres, ambas se pareciam. Altas, negras e com dezenas de dreads a lhes enfeitar a cabeça. Ambas aves fêmeas, ousadas e mergulhadoras na própria profundeza. E cada vez que uma mergulhava na outra, o suave encontro de suas fendas-mulheres engravidava as duas de prazer. E o que parecia pouco, muito se tornava. O que infinito era, se eternizava. E um leve e fugaz beijo na face, sombra rasurada de uma asa amarela de borboleta, se tornava uma certeza, uma presença incrustada nos poros da pele e da memória.

toque

Tentativas

DEBORA DO NASCIMENTO

Eu tento
E em cada tentativa me refaço, me desfaço,
desafio
Eu toco
Passo por mim a mão
Em cada parte de mim
Em cada curva, fenda, dobra, desvio
Eu sinto
Em cada parte de mim um arrepio
E sigo
Deslizando,
permitindo permanência, demora, e gozo
mas não gozo
Nem sempre gozo
Permito que eu esteja comigo e delicie essa presença,
esse contato
Íntimo
Se nem sempre gozo contigo,
por que teria que sempre gozar comigo?
Mas gozo
dessa onipresença e onisciência por me sentir inteira
e estar inteiramente em mim
Ciente e consciente do que construí como desejo
para o meu bel prazer

Aguar

TAÍS ESPÍRITO SANTO

Meu corpo deseja a sua chegada.
Espera,
clama,
grita.
Meu corpo, seu,
é água,
é mar,
inunda dentro de mim.
Invada,
penetre,
antes me molhe toda.

Afogamento.

Boca, língua, poros, respiração.
Dois sendo um,
um sendo dois,
vulcões em conexão!
Mãos no corpo arrepiado,
suado,
encharcado,
sedento.
Sua...
Sou sua, toda sua,
a boca sussurra,
geme.

Quarentena

AIRA NASCIMENTO

Sinto,
Falta,
Tanto,
Ar,
Confinamento[2]
Nós,
Lembranças,
Teu xero
Teu olhar me fitando os seios
Tua boca recitando cá embaixo, as poesias
[mais bonitas que já ouvi
Um verso em cada lábio
Do grande ao pequeno
Chego em vênus
Deságuo em teus dedos
Nosso mundo paralelo: teu quarto
Será que saímos de um romance
daqueles que vovó falava que era tão bom
que parecia perfume de arder os "zóio"

Amor revolução

CRISTIANE SOBRAL

Meu corpo tem asas
prontas para planar nas madrugadas
do meu desejo

serei a pessoa amada em 24 horas
saio à noite pra paquerar a liberdade
controle já basta o da sociedade

provoco suspiros
minhas mãos são preciosas varinhas
de condão nas beiradas vizinhas
fazendo milagres

quero beijar um preto em praça pública
de mãos dadas corações amalgamados no instante
em um amor revolução que seja o bastante
para a perpetuação da nossa espécie.

Toc

CRISTIANE SOBRAL

Amo seus dedos enormes
deslizando em minha pele escura
seu hálito tem gosto de cura
em meus grandes lábios úmidos.

O corredor

AIRA NASCIMENTO

O *timer* do fogão parado
Tua mão afastava com vontade meu body anos 80
Nascemos no mesmo ano
Sete Cidades, Legião Urbana
Mãos e boca famintas
Já, já chega a pizza
Segurei tua cabeça
Eu presa em ti
A parede do corredor
com desenhos antigos de arquitetura
neocolonial
Quase fundia nossos corpos ali
A geladeira teu apoio
Vi teu corpo delineado na sombra do micro-ondas
Tão lindo
Enquanto eu te roçava por trás
Buceta, bunda, pele, desejo, gemidos
Teu beijo
Minha mão queria mergulhar bem fundo
E a parede ali

Era nossa
Ela como testemunha silenciosa
Enquanto tua mão e língua passeavam por mim
Me atravessa, ou melhor fica
Se anexa em mim
Vontade de sentir meu peito na tua boca
Tua língua brincar de leve
e depois me chupar com força

Eu prometo, depois que isso tudo passar
vamos aos jardins de Burle Marx

som

Nossa primeira vez, preliminares

JANETE SANTOS RIBEIRO

Esse sujeito entrou em minha cama como um sábado de carnaval, querendo putaria, eu quieta na dúvida de querer ou não os blocos, as possibilidades de minha carne no rebolar que as ruas oferecem, aceitei putaria com J, homem sisudo, de poucas palavras, querendo seu sexo solitário a partir das palavras do teclado de uma máquina. Será que conseguiremos gozar?

Vem com tudo.

O que é ir com tudo, J?

Toda a liberdade

Preciso que você se mostre e me mostre ao que veio para esse encontro.
Prepare-se... vai ser tímido... espero que os próximos tenham mais conteúdo e tesão!

Pois, use todo seu tesão...

Coloquei um pijaminha para ativar sua imaginação....

Gostei
Profundo
Bom pra refletir.
O farei.
Assistirei mais vezes.

Você gostou do vídeo que fiz para vc, J? É isso?
Gostei muito.
Gosto de ver as diversas formas de manifestações das pessoas.
Os recursos utilizados do vernáculo, fazem perceber o alcance das intenções.
Em alguns momentos somos pernósticos, noutros, metafóricos, mas a intenção é una. Destarte, concluo que a sua análise pessoal buscou ser profícua, atingindo muitos pontos.

J, para, tá?
Não estamos em uma aula ou tribunal, onde os vocábulos precisam ser pensados... Nos conhecemos, vc querendo putaria, lembra?

??????
kkkkkk
A putaria exige simplicidade.
Vamos lá? Vamos encontrar a trilha, seus desvios e os seus limites. O caminhar nos mostrará.
Caso fôssemos transar agora, como seria o começo?
Vc falaria no meu ouvido que gostaria de me levar ao seu universo... E eu diria que seu universo está no meu corpo...
Daí com essa voz rouca vc cantaria Taiguara e pediria que eu dançasse para vc...
cante universo no teu corpo para mim, J...
Continua

Ainda não ouvi a música. Minha imaginação está embotada. Precisa ser despertada pelo som. Meu corpo é sonoro.... Mas, estamos entrelaçando nossos corpos.

Sim... mas a música está na minha cabeça na voz do Taiguara e meu universo é no seu corpo, J...
"olha você tem todas as coisas que um dia eu sonhei pra mim..."

Mudou o ritmo... me colocou no seu... Gostei... vou ter que me adequar a nova posição... estava me enroscando para que nosso sonho não acabasse e vc me lembra que minha cabeça é cheia de problemas... vou ter que te fazer esquecer os meus e os seus, J...
Agora só morangos e mel para adoçar nossos corpos, né?
Imagine um morango molhado no meu mel perpassando todo o seu corpo...
E eu ainda vestida..... E vc também, em uma sala com uma janela aberta onde a lua nos diz:
sangrem, entrelacem-se, vivam, eu protejo...

Continue

Vc quer que eu dance, não ficou satisfeito com minha cabeça cheia de problemas, quer ser dominado e domado... então percebe que o meu vestido é uma segunda pele para um corpo desnudo que vc por distração não percebeu que não havia nada por baixo dele... vc larga seu instrumento e olha para mim com olhos de quem arrancará o que te impede de ver onde o morango foi molhado. Vc não quer mais morango molhado, vc quer sua língua molhada ...

Maisss

Eu te peço que se ajoelhe embaixo do vestido e busque meu mel com sua língua molhada...

Uauuuu

Desistiu? Não gostou de meu mel?

Fiquei esperando.
Com a boca melada
Não vale apagar

Não sabia que vc gostava de ser passivo... achei que fosse um caçador também...
Com a boca melada e eu completamente entregue.... vc vai tirando meu vestido com a boca, descobrindo cada detalhe do corpo que será todo seu... passa pelo ventre, pelo umbigo, pelo coração, por entre os seios, pelo pescoço, pelas orelhas... que porra de vestido que não sai, pensa impaciente, mas eu gosto e não quero vc nervoso... te ajudo, tirando o que te impede de entrar em meu universo úmido....

Adoro ser comido, também.

Oba!!!!
Posso?

Deve

Eu nua, vc sem saber o que fazer, a lua, a sala, decidimos que será ali mesmo, não dá tempo de se chegar ao conforto, o conforto somos nós dois dançando nos enroscando... te empurro gentilmente para o sofá à frente, quero te chupar e sentir o gosto de seu mel...
Caralhoooo

Vc quer mais, se segura, minha língua molhada, tarada, querendo colher rapidamente tudo que possa me dar... me afasta... E me levanta, nossas bocas se unem e nosso mel também... o tesão aumenta...
Vc descobre que meu mel com seu mel dá liga. Tá molhado, eu molhada, teu pau pulsando, querendo mergulhar na minha buceta... não deixo, quero brincar mais, muito mais. Quero te lamber todo da ponta do pé até seus olhos, seu cabelo, sua orelha...
Peço que vc se vire, mambo suas costas, aperto seus mamilos. Encosto meu corpo no seu corpo, a carícia em sua bunda vem do meu ventre, pego com as mãos seu pau. Vc não sabe o que fazer...
Se deixa dançar em minhas mãos, livre, dono de si... Mambo, mambo como dança ancestral...
Eu digo no seu ouvido... o que vc quer?
Vou gozarrrr
Na minha mão, na minha bunda, na minha buceta, na minha boca... onde vc quer gozar, J?

Na sua boca
aaaapagou de novo?

Então, eu preciso te virar e me ajoelhar... E enfiar seu pau na boca e com a língua ir te explorando... fazendo vc ficar louco sem saber se o que eu faço vc já viveu ou não... minha boca é quente e se enche com vc dentro dela, inteiro, vigoroso, rijo como nunca pensou que estaria para mim... a música que vem aos seus ouvidos e aos meus é Explode Coração...

Toques na avenida

SHEILA MARTINS

Havia uma grande atração que agitava as noites de terças-feiras, na comunidade de Vilar dos Teles, os ensaios de rua das escolas de samba. Esse evento fazia parte da rotina dos moradores, saíam de seus trabalhos e corriam para a avenida principal onde todos se aglomeravam. Era o local de colocar os assuntos em dia, dar boas risadas e beber algo para embalar a noite.

No meio da multidão de corpos negros dançantes que estava se organizando para o desfile da querida Unidos da Ponte, lá estava ele, o jovem Bayo, um preto robusto, alto, com uma barba longa e bem-feita. Ele era o mestre sala da escola, andava com um gingado lento como se desfilasse a cada passo dado e com a cabeça erguida como um rei africano. No mesmo instante chega a preta encantadora Ochi, sorridente como bem significa a tradução do seu nome africano, com o black enorme como uma coroa, era a rainha que comandava de forma brilhante a bandeira azul e branca da escola. Ochi rodava com a bandeira e segurando a mão de Bayo, isso era o bastante para despertar o desejo escondido no âmago deles, assim o desejo exalava no ar. Seus corpos transmitem uma energia sexual intensa. Eles não ofereciam resistência ou fronteiras um para a outro. A cada "paradinha" da bateria, mais excitados ficavam, os olhares se cruzam, os sorrisos também. Corpos suados cada vez mais dançantes que vibraram ao ritmo dos tambores, surdos e tamborins. Ela rodava com sua saia longa e brilhante pra lá e pra cá conforme o som que ouvia, esse balanço do seu corpo mexia com a imaginação dele. Ela sabia disso, afinal de contas, ela comanda a arte de seduzir. Fagulhas libidinosas explodiam no interior deles, contavam cada segundo para ficarem sozinhos. Porém, naquele momento, a rua estava lotada de moradores animados para vê-los bailarem como primeiro casal, todos permaneciam com os olhos atentos para ver a harmonia que desempenhavam durante o ensaio. Os dois não estavam nervosos com os olhares que os rodeavam, mas ansiosos para sentir a conexão que tinham um com o outro, era uma energia inexplicável.

O ensaio de rua termina. O aglomerado de pessoas vai se desfazendo aos poucos. Ochi e Bayo decidem somente com olhares, sem esboçar nenhuma palavra, que iriam juntos para casa dele. Os dois sabiam o que iria acontecer no barraco de Bayo aquela noite. Caminhavam pelas ruas aos beijos ardentes, sem medos nem pudores. Ele segura a cintura dela ainda suada e quente do ensaio. Ela sente. Soltou um gemido suave. Os passos são acelerados, estão quase voando. Abrem o portão do quintal de forma arrebatadora, não há mais tempo a esperar. Os corpos gritam. Jogam as roupas longe sem pensar em nada. Eles sabem que são autores do enredo que irão tocar essa noite. Estão pele a pele, corpos ávidos para experimentar todo prazer que ambos queriam. Ele segura a nuca dela e com a voz aveludada fala ardentemente "me beija!". Ochi responde quase sem fôlego "só se for agora, meu safado!". O corpo negro dele pulsava a cada toque. E vibrava com os gemidos que escutava. Ela sente suas mãos grandes, fortes e calejadas. Ousa acreditar que os calos que a vida trouxe para essas mãos é o que a deixam mais excitada. Mãos ardentes e quentes como que a tocavam com todo afeto e desejo.

Ochi permite, com o seu olhar espevitado, que as mãos dele possam tatear todo seu corpo. Ele obedece e sobe lentamente pelas suas costas. Sussurra querendo mais disso. Uma conexão intensa emana por todo o quarto. Dois corpos negros. Dois corpos em chamas. Um encontro ancestral, isso tinha que acontecer. Eles repetem mentalmente "isso está acontecendo de fato!". Fogo latente ardendo nessa cama.

Bayo ajoelha-se na frente de Ochi, olha no profundo dos seus olhos e solta um sorriso cínico. Ele segura as coxas dela e as afasta. Ela respira ofegante segurando os lençóis da cama com força. A língua dele sambava suavemente pela avenida sinuosa do corpo dela. Ele se alimenta dos fluídos que ela exala, invade o seu corpo de um modo delicioso. Ela jorra de tanto prazer.

Com uma sincronicidade incrível, como um ritual do amor, na medida certa as mãos dela passeiam pelo corpo do preto Bayo. Ela sente seu membro rígido vibrando. Ele lança um gemido de desejo ardente. Ela envolve seu nego com as pernas, não o deixa sair, pois acredita que ele não queira estar em outro lugar que não fosse embaraçado no seu corpo. Ele adentra sua cavidade umedecida. Encaixam-se. Quanto mais ela se entregava, mais ele penetrava. São dois corpos escuros como a noite, expostos, dançando com a melhor cadência na Marquês de Sapucaí do desejo. Uma explosão de sensações e ritmos. Amam-se com furor. O Gozo surge como os fogos no início de cada desfile. Ambos transpiram tesão com o coração acelerado, uma fusão de bem-estar e prazer. Eles sem pressa conseguem desfrutar de suas benquerenças.

E assim foi só o ensaio do carnaval...

Trovoada

MAITÊ FREITAS

Disseram-me que meu gozo era chuva
Úmida, única
Jorro na terra, ser fértil
Não sou apenas fluido
Sou dessas fêmeas que se faz no gozo,
Me soo gozo no trovão
Som gutural que rompe silêncio e imensidão
Anunciando o porvir
Do profundo
Do fundo
Abrindo-me para receber
Abrindo-me para evocar
Abrindo-te para transmutar
O meu movimento torpor

Tamborilar

MIRIAM ALVES

Tereza era minha chefa, educada não levantava a voz, tratava-me com cortesia, mas tinha uma mania irritante, tamborilava com as pontas dos dedos sobre a mesa. Isso só ocorria quando estávamos sozinhas no escritório, no almoço, ou quando ao saírmos do trabalho, íamos tomar umas cervejas, antes de nos dirigirmos à estação do metrô. Nos finais de semana não nos víamos, nossa amizade restringia-se ao coleguismo, porém estreitava-se, dia após dia. As conversas banais e triviais evoluíram para as confidências de intimidades.

A partir daí, passei a perceber o tamborilar de Teresa, e a notar o contorno peculiar de seus lábios carnudos, que pareciam estarem ofertando um beijo, que ficava no ar e não atingia o alvo. Na sexta feira, no final de expediente estávamos bebericando, sem pressa de retornar para casa. Seus dedos se agitavam ritmados, tangendo a mesa, como a um instrumento. Num sem querer, tocou o meu braço, excitando-me, um arrepio me percorreu, sem esboçar reação, fingi naturalidade. Ela continuou diminuindo, intensificando o ritmo, como querendo extrair melodia da minha pele arrepiada. Com a mão espalmada alisou meu ombro, não resisti, me aproximei, a beijei, seus afagos tamborilavam minhas costas. Hoje acordei em sua casa, em sua cama, ela me dedilhando.

Choveu

MIRIAM ALVES

Estava feliz, sensação boa a percorria inteira, num misto de eletrificação e paz. Choveu a noite inteira, trovões, coriscos riscando a madrugada, o vento uivando em gozo com a natureza. Os lençóis, fronhas, cobertores, amarfanhados em desalinhos, sobre a cama, as roupas intimas espalhadas pelo chão, indicavam que a ventania de prazeres, se fez presente naquele seu reduto. Ali, ela se refugiava das intempéries da vida, e das magoas que os sentimentos humanos lhe pudessem ocasionar. Reservava-se o direito de estar só, quando bem lhe aprouvesse, não deixava ninguém adentrar aquele seu refúgio, onde se sentia plena. Esporadicamente, convidava uma pessoa amiga, mais intima, para um bate-papo, mas deixando explicito os limites a serem respeitados. Não se isolara, só se preservava, principalmente de homens inconvenientes, na maioria brancos, que por coincidência ou não, se aproximavam dela com elogios estúpidos: "Seu corpo é de arrepiar. Nunca transei com uma preta. Tenho curiosidade. Dizem que...".

Ela se levantou, cobriu a nudez com um longo robe branco, que deixava transparecer as curvas acentuadas de seu corpo-noite, que irradiava o brilho magnetizado da noite de lua cheia. Estava plena, há tempos não se sentia assim, como a terra após ser irrigada pela chuva, sentiu vontade de cantar, dançar uma música romântica, que falasse de felicidade, mas dominou-se. Dirigiu-se à cozinha, preparou um caprichado café da manhã.

Distraída, ouviu uma voz lhe chamar por entre os lençóis: "Já acordou, meu bem? Por que se levantou? Venha cá! Vamos retomar de onde paramos! Está linda essa bandeja! Pensando bem, vamos repor as energias, para voltar a gastá-la". Ele se levantou, estava nu, se aproximou, despiu-lhe o robe com ternura, a abraçou, beijou. O encaixe de seus corpos era o encontro de duas noites infinitas em festa. Voltou a ventar e a chover, o corisco riscava o dia num traço ziguezagueado. O uivar do vento em gozo se fez ouvir. A bandeja de café ficou sobre a mesa.

Hit foda

JUH DE PAULA

De tanto procurar palavra poética pra descrever
[o que quero contigo
Desisti e decidi rasgar o verbo
Te quero por cima
Embaixo
De lado
Quero você pulsando e fo-da-se
Quero você suado
Safado
Meu desejo vai atravessar a sua mente
Você vai ficar dependente
Depois que acabar você vai embora me chamando
[de louca, dizendo pra eu não me apegar
No outro dia você vai bater na minha porta pedindo pra entrar
Você vai se entregar
Você vai mergulhar
Vai querer voltar pra superfície e não vai conseguir
Quero você molhado
Desarmado e entregue
Vou transpassar sua alma

E tatuar meu nome lá
Você vai relutar
Não adianta tentar resistir
Vou te prender em mim e absorver
Você vai se render
Eu vou gostar
Vou colar minha cabeça no teu peito
A batida do seu coração vai ser meu beat
Não é só coisa de pele
Sei que a gente dá um hit.

Preto deixa eu gozar

DANDARA SUBURBANA

Preto deixa eu gozar
De frente, me vendo gemer
Puxando sua cabeça contra o meu rosto
Só pra beijar você
Sentindo sua língua perdida
Afinal, como se concentrar na saliva
enquanto minha buceta está completamente escorregadia...

Preto deixa eu gozar
De quatro, deslizando na cama
Abrindo os quadris feito um compasso
Totalmente entregue no ato
Com meu cabelo na sua mão
Murmurando baixinho pra dizer:
Vamos fuder até o amanhecer!

Preto deixa...
Só por uma vez eu quero poder
meter,
Sem culpa
Sem camisa de vênus
ou de força,
Sem medo de transbordar
De lado, num vai e vem lento
Eu sussurro no seu ouvido:
pode gozar dentro!

Da rua

MAITÊ FREITAS

Tenho fascínio pela rua
Há dentro de mim, uma fêmea encruza
Em pé, abrindo os caminhos e ensinando cada passo
[noite e vida adentro

Um corpo ardendo
A rua me chama
A encruza me clama

Eu vou
Peito abertos e nus
Por eles jorram a vida
Nutro-me dos caminhos
Nutro-me dos cruzamentos
O seu corpo no meu

sabor

Me empresta você de novo?

JUH DE PAULA

Me empresta você de novo?
Mata minha sede em vários goles
Nosso beijo é prato cheio a ser degustado noites a fio
Te desafio a tentar não se perder
Fica dentro de mim
Deixa eu te prender?
A energia transpassa nossas lentes
O fogo atravessa nossas retinas míopes
Você fecha os olhos pra me decifrar
Faz cara de quem quer devorar
Nos degustamos sem preocupação com a hora
Mas com a urgência que nossos corpos pretos criaram
[desde a primeira troca
Sem pausa, é bom demais o que a gente causa
Tô sob efeito
Anestesia
Se não fosse sua respiração oxigênio
Nem sei
Sem explicação, sem tentar contradizer
Sem prisão
Tô procurando nome para nossa conexão
Vamos deixar a autonomia lá fora
Bora ser vulnerável juntos
E depois me deixa trazer teu cheiro na roupa
Teu gosto alimento na boca
Preto, me empresta você de novo?

Eriça...

SELMA DA SILVA

Preta
Pele
Sente

Sal, sabor, ar...

Pele...
Mexe, remexe
Sal, sabor...
Ar
Saliva
Seios, vagina, coxas minhas
Peito, pênis, coxas suas
Pelos, peles...
Remexe, remexe

Moventes, molhadas coxas
Plenas
Labuzam, deslizam
Bocas, línguas, mãos...
Mexem, remexem ouriça
Seios, vagina, coxas minhas
Peito, pênis, coxas suas

Eriça dentro
Ouriça fora

Corpos
Pretos

Peles
Pretas

Presente
Futuro
Gozo

Encontro de uma tarde verão

CÁSSIA VALLE
LUCIANA PALMEIRA

Foi na última segunda-feira de janeiro, em pleno verão de Salvador, que aquele encontro aconteceu. Final de tarde, último mergulho do dia de folga de Yara de Oxum. Ao entrar na água, ela se deparou com um negro lindo, estonteante, sarado e carregando uma conta de Exu. Trocaram um sorriso e, volta e meia, procuravam o olhar um do outro. A tarde caía com um luminoso pôr-do-sol, e Yara saiu da água para ir embora. Sacudiu a canga e começou a arrumar as roupas, deu mais uma olhada na direção dele, que percebeu que ela já estava indo. Então ele correu ao seu encontro e a beijou deliciosamente, um beijo molhado com a língua quente e macia penetrando a sua boca.

Uma corrente elétrica percorreu aqueles corpos quentes. Estavam à flor da pele: puro tesão, as peles ardendo; bocas e mãos buscavam-se, descontroladas. Eles podiam se amar ali mesmo, deitados naquela areia morna, sob o olhar de todas as pessoas, mas o despertador do celular tocou para alertá-lo sobre o horário do voo. Ele imediatamente sussurrou, ao ouvido de Yara:

— Tenho uma viagem inadiável. Mas vou louco de tesão. Queria ficar mais com você. Quero que, ao chegar em casa, abra um bom vinho, coloque duas taças e faça um brinde fantasioso comigo. Toque-se com delicadeza e calma. Explore todas as suas zonas de prazer e não tenha limites nos seus desejos:

goze, goze alto e despudoradamente, como se eu estivesse lá, junto com você, para me lambuzar do seu mel.

Ao chegar em casa, tomou um banho demorado e obedeceu com detalhes o ritual, como sugeriu aquele filho de Exu delicioso e gozou o gozo da fêmea em chamas, invadida de desejos, delírios e fantasias. Acordava todas as manhãs, com as ligações dele, falando maliciosas palavras. A semana passou com esses telefonemas picantes e despudorados, cheios de gozos virtuais.

Enfim, a segunda-feira do retorno tão aguardado chegou. Ela incensou a casa, tomou um perfumado banho de manjericão e canela, vestiu somente lingerie rendada fio dental e salto alto. Foi conferir a temperatura do vinho e eis que ele chegou.

Abriu a porta e os braços fortes de Akinse cruzaram em suas costas, encostando-a contra a parede. Não falaram uma só palavra: suas bocas se beijaram com força, beijos úmidos e vorazes e, como abriu a porta seminua, em segundos ele tirou toda a sua roupa e, devagarzinho, iniciou um passeio com a língua em todos os seus cantos. A língua macia passeava com doçura, uma tortura deliciosa. Ele também sabia usar as mãos, como um escultor: seus dedos deslizavam no corpo de Yara de Oxum, fazendo movimentos nos seios, em volta dos mamilos, indo até a sua vagina, acariciando-a até tornar-se cachoeira.

Ele, cheio de criatividade, proporcionava delícias à sua Oxum. Com o pênis, os dedos ou a língua, fazia intensos movimentos na mesma velocidade de um vibrador, unindo dois pontos imaginários entre os grandes lábios, passando pelo clitóris, levando Yara a um prazer sem precedentes. Ela gemeu alto de intenso prazer, e numa coreografia deliciosa, num segundo ela estava de costas. Queria que ele descobrisse sem censura a sua bunda e toda a zona erógena existente nessa região e ele se mostrou um expert! Depois, virou de frente, e abriu as pernas, apoiando nos ombros dele e ele chupou aqueles grandes lábios carnudos. Ela começou outros passos coreográficos que a fizeram parar de joelhos, de cara para aquele falo bem apropriado para um filho de Exu, e começou a tocar retribuindo-o com uma provocante garganta profunda. Deitaram-se no tapete da sala e ela começou a cavalgar de costas. Então virou-se de frente, a montar, com os seios alisando a boca do Exu, até atingirem juntos, o orgasmo.

Em busca de ar fresco, foram para a sacada. Finalmente beberam o vinho, brindaram e foi só os corpos se encostarem rapidamente, que se arrepiaram e o desejo mais uma vez tomou conta dos dois e comandou. Ele a pegou no colo e seguiu até o quarto. Deitaram-se na cama, se masturbaram, transaram incansavelmente, realizando várias fantasias, até que, exaustos, adormeceram.

Semanas se passaram, meses, um ano, dois, três, quatro, cinco, seis e sete de paixão, gozo, sussurros, líquidos, delírios e arrepios impressos em tantos lugares previsíveis e imprevisíveis, que foram testemunhos dessa paixão de um filho de Exu e uma filha de Oxum. E essa paixão virou história. Yara, que é artista plástica, resolveu eternizar esse amor em forma de arte e na entrada de uma de suas exposições apresentou um texto que dizia assim:

Exu

Gargalhada rara, seu sorriso aberto/ Rasga o som da madrugada/ Língua despudorada e encantada/ Falo em eterna erupção/ Moço do olhar atrevido/ Mãos sem juízo/ Encruzilhada dos desejos/ Carícia rica de encantos/ Ponte entre dois mundos: divino e humano/ Mediador de quereres/ Senhor dos caminhos.

Dieta

DANDARA SUBURBANA

Amor essa semana tô de dieta
Nada além do seu gosto me interessa
Me alimento do seu espesso gozo
Nada de coitos afoitos
Não admito desperdícios
Quero suor, apetites vorazes e vícios

Eu vou me lambuzar de você
Sem parar pra respirar
Sem olhadinha no celular
Sem despertador pra acabar
Eu vou fazer seu corpo, no meu corpo, de lar
Te proponho rever todo o alfabeto
Letra por letra vamos soletrar sobre prazer e afeto

Eu esperei demais pelo instante
De poder amar gemendo só em vogais
Tesão sem miséria,
Mas o papo aqui é manter a cuca sã
Enquanto dá comida à matéria!
Consoante é ter responsabilidade
Senão, nem me interessa...

Vem, desliza os lábios nos meus seios
Sem hesitar, me enche de beijos
Eu pego na sua mão
E desço até a minha calcinha
Pinceladas molhadas de ousadia
Que trago na boca,
E vou fazendo poesia
Enquanto saboreio os seus dedos...

Psiu, não conta pra ninguém esse segredo:
Tem gente preta insistindo em gozar
Ao invés de sentir medo!

Partilha

CARMEN FAUSTINO

A luz se apaga aos olhos
E o que se acende
É um universo
Nosso encontro
É portal de prazer
Desejo e afeto

Me aconchego em seu peito
E entre o toque dos seus dedos
Em passeio pelos meus poros
Meus lábios se encharcam
De sussurros e apelos

Te engulo
Lambuzo no mel
E espero
De boca e pernas abertas
O negrume do seu beijo

Os corpos se entregam
E afogamos em orgasmo
Partilhamos gozo
Sem pressa
Sem medo

Lava de rio

LUCIANA LUZ

Eu vi uma cachoeira brotar
do meio das suas pernas.
A água jorrava e corria pelos afluentes,
desembocando lá na ponta dos seus pés.
Sedenta,
Sempre me falavam que eu tenho uma língua enorme.
Agora tinha serventia.
Comecei a conter aquela água que corria rápido.
Ela molhou a ponta dos seus dedos.
Eu chupei toda a água dos seus pés.
Mordia, mordia devagar a sua pele
pra extrair toda a água que escorria ali.
Abocanhei o calcanhar, lambi os dedos, o peito
[do pé direito e o outro também.
Logo, fui alcançando a sua panturrilha.
Uma a uma, fiz um contorno nessas montanhas,
sugando todo fluido entranhado nelas.
E a água caía, a água caía...
A água das suas turbulentas coxas.
Sua perna era terra que tremia,
e sua água desviava da minha boca.
Quanto mais eu forçava a língua,
mordiscava, beijava com força,
descia mais líquido pra matar a minha sede.
Águas térmicas...
Mais chegava perto da fonte

Esquentava.
Era lava?

Alcancei a fenda sagrada
E pude beber muita água ali.
A língua se divertiu.
Boiava no rio de borda a borda.
Tamanha abundância
Que botei as mãos para ajudar.
Passava os dedos em seu leito,
na parte de fora e na parte de dentro.
Era gole atrás de gole
não cessava.
Correnteza cada vez mais encorpada
Rápido minha língua foi até ela
E a boca toda.
A nascente que ficava no alto desse morro
Esguichava magma
Transbordava vida.
Eu bebia, eu lambia,
Engolia...
Até que esse vulcão explodiu,
A enxurrada matou minha sede de vez,
molhou minha cara toda.
Aquietou o terremoto.
Respirei aliviada
Feliz da sede matada.
Olhei para você,
estava nadando.
Que gostoso!
Perguntei:
Posso nadar nesse rio de novo?

cheiro

Amor em braile

JUREMA ARAÚJO

Amor,

Hoje senti o aroma daquela loção de barba que você usava. E minha memória sentiu o doce e leve odor do amaciante nas suas roupas bem passadas. O que posso fazer se tudo que lembra você tem aroma, algo etéreo que vai se refazendo em nuvem e se dissolve, mas não se dispersa? Fiquei molhada, foi inevitável!

Não tenho como controlar o seu hálito de cigarro e boca invadindo as minhas lembranças, ou meu nariz fungando o seu cangote, ou mergulhando nos seus pelos espalhados pelo corpo.

Te decorei pelo nariz como qualquer cão, como se aquele fosse meus dedos e seu cheiro o braile incrustado, alto relevo em seu corpo.

Me lembro das inúmeras vezes em que mergulhei a cabeça no meio das suas pernas para sentir suas bolas e engolir o seu taco.

Só então depois dessa viagem odorífera, sentava em sua pélvis e rebolava para inundar o quarto com o cheiro do amor.

Mas tudo isso é mais uma fantasia que não se realizará, porque de você só sobrou o cheiro na minha memória, que talvez um dia se disperse.

Cinzas de quarta

FABIANA PEREIRA

A presença dele se impregnava como cheiro de tangerina nos dedos. Quando o via, seu riso era frouxo. O corpo ria todo, e seu peito se abria como se fosse cantá-lo, esquecendo os desajustes deixados no último encontro de fim de noite.

Os encontros não cabiam no tempo: nem deles, nem das horas que passavam juntos. Se espremiam em conversas de amigos, em datas de aniversário, em encontros casuais nas esquinas e praças do bairro, compassados por pequenos gestos deixados nos cantos das mesas. O que era leve, pluma. O que era cinza, bruma.

O turvo vinha inteiro. Na palavra não dita, na ausência da letra. Não havia o sabor do tempo de uma canção sem desfecho na avenida.

Mas a leveza vinha no encontro do ritmo. Dois corpos ajustados na mesma frequência do desejo. Eles se sabiam ali. Se tocavam e se cantavam com as notas baixas deixadas nos olhos e nas mãos. Se procuravam, se achavam e se consumavam ali. Havia uma intimidade, uma cumplicidade que dava segurança às notas, dando uma quase certeza de que o enredo desse samba transbordaria toda cadência e toda a ciência do instante.

E transbordava. Transbordou. O samba existe com toda água que lhe vem: seja de suor ou lágrima. É assim. Em todo fevereiro ou março, a quarta de cinzas chega. Desde que o samba é samba.

Nariz erótico

JUREMA ARAÚJO

Meu cheiro é de mato molhado
Misturado ao frescor da manhã
Cheiro de banho tomado
Com canela e lavanda
Que te faz meter o nariz na minha nuca
Arrepiando meu corpo!
Mas o que eu farejo em você é um cheiro
De garanhão no pasto
Ereto querendo meter na tua égua!
O que o meu nariz procura
É teu odor de macho
Nesse cheiro de pica excitada
Esse suor que salga o aroma
Que minha língua sente
No banho de gato que dou em você!
Aaaaaahhhh! Meu gozo gostoso tem
Cheiro de mato e vulva devoradora!

olhar

A tela me seduz

ANGÉLICA FERRAREZ

A tela me seduz.

As letras começaram a ficar embaralhadas e de repente,

Me pego contraindo os músculos todos.

Músculos, sangue, pele, cheiro, pelos; tudo ganha mais intensidade.

Tento voltar ao texto que escrevia, mas não consigo.

Olho bem. Me concentro no ato de olhar.

E de repente me vejo na tela sombreando a boca seca, peitos exuberantes, mamilos ouriçados querendo pular na sua boca.

Toco os seios e a cabeça cai para trás. As pernas continuam cruzadas e os movimentos dos músculos da buceta cada vez mais fortes.

O vento sopra fazendo ainda mais arrepiar.

De repente a tela se apaga, entrando no modo de espera.

Eu, de súbito, aperto qualquer tecla pois não quero mais esperar

Eu não tenho mais nada a esperar.

A tela me aciona, ela não concorre, ela faz parte do momento.

Me excita, as letras me excitam, as palavras me excitam, as imagens e meus reflexos.

Começo a me olhar pela tela. Será um efeito da modernidade esse tesão quase virtual?

Já não olho tanto, além da tela, então me busco nela. Nesse terceiro olho, nesta que se coloca entre nós.

Ela insiste e novamente se apaga. O calor da tela se mistura ao do sol e o entre das pernas.

Me levanto, deito e volto com a garganta seca e as mãos de gozo.

Tenho que reiniciar a tela, pois passei muito tempo longe dela.

Lavo mal as mãos e as passo no pescoço molhadas. Bebo água e volto à tela com mais fluidez.

Dona do prazer

CARMEN FAUSTINO

Sou mulher da vida
Da rua
Da lida
Observadora
Dos buracos do mundo
E dos becos e poros
Do meu corpo

Gosto é da farra
Foda gostosa
Trilha melódica
Cheiro de mato
E jorros intensos

Gosto da marra
Lança nos olhos
Sorriso sincero
Pegada nos poros
Arrepio nos pelos

Gosto de sussurro
Encaixe perfeito
Delicadeza no trato
De quatro feitiço
Reflexo no espelho

Eu
Deusa Preta
Mulher refeita
Sei onde respiro tesão
Sou dona do meu prazer

Pela lente do amor

ANGÉLICA FERRAREZ

Todos os dias têm um ser vivo que leva uma mensagem. Quando ele não adentra a casa, ele a olha pela janela e eles se observam. Naquele dia ela também estava defronte à janela quando ele a notou. Trocaram palavras que a incendiaram, palavras simples que preenchiam algum lugar que precisava ser penetrado.

Não sei o que a revolveu tanto naquele encontro, talvez as coisas que as palavras encobrem, aquelas que você lê e não enxerga de imediato. Aquelas que precisam esforço de interpretação. O interstício. Foi tão revolvida, que lá estava ela, um mês após aquelas palavras, pela primeira vez, nua de frente a ele.

Ela o olhava, mirava nos olhos, sorria e escondia uma falsa segurança. Ele, de tão inseguro, nem a miragem lhe era possível. Nunca tivera a qualidade das encobertas. Tremia que quase lhe deixou escapulir a produção de presença.

Ela tentou não projetar como seria esse encontro, o que lhe custava caro, pois logo ela que vivia de projeção, afinal ter trabalhado durante trinta anos no mercado financeiro em Wall Street deixou um rastro em sua vida onde a projeção e previsão faziam coro no seu cotidiano.

Ele, que fotografara toda a África Ocidental e voltava laureado da exposição que fizera no Senegal, só recuperou a soberania do olhar diante dela quando já estavam entrelaçados na cama.

Ali, imagens saltavam à vista e eles se examinavam. Era uma cama quente e racional. Artes, filosofia, poesia, fotografia, música, viagem e comida eram companhias indispensáveis. Eles nunca se sentiram diante do desconhecido, apesar de ser o primeiro encontro fora da janela.

No segundo encontro, ela chegou com fome e sem paciência para a insegurança dele, afinal depois da tarde anterior achou que estava liquidada qualquer fuga de olhar. Mas lá estava ele, olhando para a boca como um truque para desviar os olhos. Ele só a olhava nos olhos na cama. Por umas boas horas, a vida ficou suspensa e ela esquecera a outra fome.

Ele tinha feito uma longa viagem para estar ali. E ela saiu mais cedo todos os dias do negócio que estava abrindo com uma amiga, algo a ver com direitos humanos. Foi mediar um encontro em uma residência artística que recebia afro-americanos e africanos. Sua oficina de fotografia foi concorrida.

O país dela estava seco, dias sem chuva, chão craquelado. Ela era seu país, até o estrangeiro chegar. Mas não tinha tempo para essas observações. Desviava com o trabalho. Mas enfim começou a chover. Escorria por entre as pernas algo de um orvalho. Ele a penetrara diversas vezes. Talvez no país dele também estivesse seco.

Ele a desnudou para si, para ele, para a vida.

Ela nunca falou que se via muito nele. Não naquilo que se tornara, mas no que deixou de ser, mas que nunca morre. Começaram a se encontrar nos retornos dele. Uma vez ao mês, às vezes, duas. Se falavam todos os dias. Ela retomou um desejo antigo e ia aos fins de semana fotografar insetos e entre as árvores, ela se tocava. Se masturbava várias vezes, sentia muito tesão naquele ambiente e às vezes era presenteada quando, no ato, vinha a chuva.

Ele estava dentro dela em movimento constante quando ouviram a chuva cair lá fora e o primeiro ímpeto dela foi colocar a cabeça na janela. Queria sentir a chuva em sua face, se conectar com a chuva, consigo, afinal, era no orvalho das árvores se masturbando que ela se completava. Ela queria mesmo era transar na chuva. Mas o ambiente não permitia.

Se pôs de bruços na janela e ali permaneceram atados. Ela curvada, ele, mãos nos ombros dela para fazer força, ou escorregava as mãos nas costas, vindo até as nádegas, quando queria espalhar água da chuva sobre seu dorso e ouvir mais alto seus gemidos. Ela, àquela altura, já estava perdendo forças, as pernas tremiam e molhavam. Sentia os pingos de chuva nas costas e de repente um pingo quente irrompeu. Era dele. Uma gota de suor que selava o encontro das águas.

Noite preta

TAÍS ESPÍRITO SANTO

No olhar já dava pra notar tudo:
o desejo,
a química dos corpos,
a probabilidade que seria foda.
Mas será que era algo somente da minha cabeça?
Será que por eu querer criei vontades sem ele ter?
Esperei.
Aguardei o momento exato.
Eu olhei,
ele olhou.
E ele se aproximou.
Trocamos contato.
Nos falamos.
Nos reencontramos
e nada.
Desisti.
Acho que foi coisa da minha cabeça.
Nos vimos novamente.
"Vamos tomar algo?"
Aceitei, claro.
"Quer ir lá pra casa? Já está tarde!"
Sim! É melhor eu ir.

Elevador.
Um beijo.
Constatei: vai ser foda!

Quarto,
me conecto ao ambiente,
ele coloca John Coltrane pra tocar.
Sento na cama.
Beijo. Conversa. Afeto.
O afeto simplesmente afeta e nada mais.
E começa o balé dos pretos na noite preta.
Boca, mão, pelos, língua, tudo ali.
Tudo implorando beijo, saliva, carinho.
O homem preto delicioso me explorava.
E o seu pau latejava.
Boca sedenta beijou, chupou, engoliu.
Se fosse depender dela, ficaria ali pra sempre.
Ele me deita na cama.
Camisinha.
Eu molhada, encharcada na espera.
Respiração forte, encaixe perfeito.
Dois corpos pretos ocupando o mesmo lugar no espaço.
Encontro, conexão, desejo, tesão, tudo na mesma medida.
Tudo querendo mais.

todos os sentidos

Caiu do céu? Não...

DANDARA SUBURBANA

Caiu do céu? Não...
Nos contos de fada o príncipe não tem cara de negão
Veio do subúrbio mesmo
Cheio dos corres, testemunha árida da solidão
Perdeu os pais na infância, nunca nem conheceu o irmão
Os amigos todos desaparecidos debaixo de um caveirão
Sente um vazio imenso, que noites de sexo e festa
Jamais preencherão
É do tipo que estende as mãos...
Às vezes, exagera na cerveja, nas brigas e na confusão
Camadas e camadas de ilusão pra esconder a sua tristeza.
Boca farta, bom de ginga
Desfaz a cama e ainda cozinha!
Chegou me falando de ervas, ancestralidade e astrologia
Não teve joguinho, é coisa de pele
Preta em sintonia
Morde minha barriga e me olha como se eu
    [fosse a mulher mais linda
Toca, delicadamente, minhas estrias
Diz que é capaz de se ver em cada linha...
Fala bobagem no pé da minha orelha, enfia a língua
    [e uma dezena de poesias
Vê coragem nas assimetrias.
Eu não sou sua nega
Mas veja, ele chupa como ninguém minha buceta

Depois me come enquanto me beija
Não me prometeu nada
Não me pediu em namoro ou coisa que valha
Não me trouxe nenhuma treta
Pode ser que a gente se encontre semana que vem
Ou que nunca mais se veja
Sem salvação, troféu ou cura de igreja
A profundidade mora na leveza.

CorPoesia!

JAQUE ALVES

A sensação de criar raízes com outros corpos é inevitável
A goma que liga o líquido viscoso é intensificador
E molha pele adentro como um efeito reparador
Se cruza,
se une,
adentra,
transpassa
com força,
com jeito,
o encaixe perfeito
o barulho da fricção aumenta o tesão
a mordida, lambida, chupada
respiração ofegante,
lábios pulsantes, evoluindo os batimentos cardíacos
a palpitação desceu para o lugar desejado
sinto até o peso da sensação da percussão do coração
ele se mudou para um lugar que não bate sol,
[mas sente muito calor
Me alimento de tudo que é mais perverso e satisfatório
Rebolo, entrelaçam as pernas,
sacia minha sede, me refresca, me envolve, me ascende

Encaixa tuas pernas nas minhas, perde toda a lucidez
Mergulho em teu co(r)po molhado
Eu te peço, tu me entrega
Rasga meu corpo feito navalha, te corto inteiramente
[com chave de... tesoura
Te salvo com salgado ardente, babando feito saliva quente
Vem, mais uma. Vem, mais uma. Vem, mais uma.
Tu não fala nunca, menina? Nunca.

Te caço com olhar fixo, sei ser cobra pronta para atacar
É veneno que mata a sede
Você diz: "ah menina, para de me olhar desse jeito".
Mas já não consigo mais
Imploro pela descida leve dos lábios,
toque sensível das pontas dos dedos
Teu olhar é invasivo, sabia?
Me beija e rasga tão ardente que deliro com
[os movimentos lentos
Sussurra em meu ouvido baixinho,
pele pega fogo e pede pela boca que grita rebeldia

E eu nunca fui de obedecer,
mas tu me encara com uma tara tão intensa, nossa que tortura
Se debruça sobre meu peito,
tô crua, sou sua, nua, na rua sobre a luz da lua.

No fim das contas

FABIANA PEREIRA

Eles eram ruins em contas. Ou quase. O cá-lendário ocular expande os números e suas faces. Faziam delas fios verdes, brancos e azul-escuros, somados a intervalos de treze, silêncios e saliva morna. Lambendo a seda do cigarro e da retina.

Um estante é um rito de passagem. Do zelo ao ato, fragmentos de quase palavras e imagens. Cinzas de fumaça e segundos ensaiam algo(ritmos) dessa dança do tempo. Marcapasso de beijos, cafuné e dengo. Isso não torna a língua mais bonita?

O pescoço abriga sacrários. E tudo está ao alcance das mãos. Pelos dedos da escrita, o sabor. Pelos do toque, mapas seguintes. No fim das contas é o começo da contagem. E isso é colorir de suor e chuva as datas, camas e somas impre(vistas).

Faça existir

ROSANE JOVELINO

Gostoso a minha dança que o teu ser balança
A flor ardente ao sabor do desejo
Tarde, noite mansa, na areia,no jardim, no mar
No quarto, sem porta, não importa

Delírio na tua língua, mãos suaves,
A deslizar o porto das curvas negras
Delícia passear em teu ser
E suar-te dentro de ti

Oficialmente você introduz,
e faz voar
Navega a flor voraz
A explosão de prazer
molhada ao teu leite
Tanta emoção, sentimentos...
Loucuras sem culpas

Certezas seguras
Sem medo, sem lei, sem nada a temer
Invades meu leito, ocupa o espaço, conduz o meu ser
A minha escolha redesenhada o tempo que fez

Faça existir cada segundo, cada momento
Respira, a vida, a eternidade
Renasce todo encontro, o amor, a paixão
A rasgar a alegria, a lingerie

Sinfonia violão
Dançaremos juntos nova canção
Deságua em melodia
noite a dia
Aquece minha alma, meu viver

Eu em ti, tu em mim, a gente se funde, perfeito!
Nós dois em mergulho felizes até a alma
Ao sabor do riacho de prazer
A respirar a eternidade, o dia a amanhecer
Percorre a seiva do meu corpo negro luz
A lua como o sol
Faz sentir-me inteira, amando-te molhada no gozo do teu sexo
Livre sem destino, toda vez

Me sacie ao contentamento até que inunda
Orgasmo de puro amor
Trasborde plena da cama ao céu
Deixe que eu embarque nessa viagem
Sem horizonte e sem fim

Aira Luana Nascimento nasceu em Natal-RN e mora no Rio de Janeiro há 30 anos. Mãe do Bento, engenheira de produção, é coordenadora de projetos do Instituto Dara, voluntária da Ong Asplande e do *Coletivo trabalho de preto*. É também fundadora da *Das Josefinas Colab & Espaço Cultural* — negócio social de empreendedoras da zona oeste carioca e espaço cultural.

FOTO: ACERVO PESSOAL

Angélica Ferrarez é escritora do universo feminino, professora e feminista negra. Doutora em História com pesquisa sobre mulheres negras no pós Abolição. Atualmente está organizando o livro de memórias da porta-bandeira Tia Dodô da Portela. É uma das organizadoras desta coletânea.

FOTO: ACERVO PESSOAL

Carmen Faustino
é poeta, escritora, editora, produtora cultural e educadora na periferia sul de São Paulo. É autora de *Estado de libido ou poesias de prazer e cura* (Oralituras, 2020).Participa de diversas antologias, e assina a co-organização de projetos editorias, com destaque para as antologias*Pretextos de Mulheres Negras* (coletivo Mjiba, 2013), *Coleção Sambas Escritos* (Pólen, 2018), *Pilar futuro presente: uma antologia para Tula* (Oralituras, 2019) e *Ser Prazeres — Transbordações eróticas de mulheres negras* (Oralituras.2020). Seu Instagram é @carmen_faustino.

FOTO: ACERVO PESSOAL

Cassia Valle Atriz
é gestora do colégio do Bando de Teatro Oludum, museóloga e escritora. Em 2017 recebeu o prêmio APCA na categoria melhor livro infantil/juvenil com o livro *Calu: uma menina cheia de histórias* (Malê, 2017), escrito em parceria com Luciana Palmeira e ilustrado por Maria Chantal. É coordenadora do Centro de Pesquisa Moinhos Giros de Arte, além de pesquisadora na área de orientação e implementação de procedimentos ligados à preservação do patrimônio cultural afro-brasileiro. É ainda idealizadora do selo *Calu Brincante* e diretora do espetáculo *Sarauzinho da Calu*, vencedor do prêmio Braskem de teatro na categoria peça infantil.

FOTO: ACERVO PESSOAL

Conceição Evaristo
é escritora. Ficcionista e ensaísta. Mestre em Literatura Brasileira pela PUC/Rio, doutora em Literatura Comparada pela UFF. Sua primeira publicação foi na série *Cadernos Negros* (1990) do grupo Quilombhoje. Tem sete livros publicados, entre eles o vencedor do Jabuti, *Olhos D'água* (2015), cinco deles traduzidos para o inglês, francês, espanhol e árabe. Recebeu o Prêmio do governo de Minas Gerais pelo conjunto de sua obra, o Prêmio Nicolás Guillén de Literatura pela *Caribbean Philosophical Association* e o Prêmio Mestra das Periferias pelo Instituto Maria e João Aleixo. Foi homenageada pelo Prêmio Jabuti em 2019 como personalidade literária.

FOTO: ALINE MACEDO

Cristiane Sobral
é carioca e vive em Brasília. Multiartista, é escritora, atriz e professora de teatro. Bacharel em Interpretação e mestre em Artes (UnB). Licenciada em Teatro (UCB). Professora de Teatro da SEDF. Tem 10 livros publicados, o mais recente é *Dona dos Ventos* (Patuá). Em 2019 palestrou sobre literatura negra em nove universidades nos EUA, inclusive Harvard. Foi jurada do prêmio Jabuti em 2020. Seu Instagram é @cristianesobralartista.

FOTO: THAÍS MALLON

Dandara Suburbana
é candomblecista, escritora, militante antirracismo e historiadora. Autora do livro *O Sabá do Sertão: feiticeiras, demônios e jesuítas no Piauí colonial* (Paco Editorial, 2015) e coautora dos livros *Lâmina* (Arte Sabali, 2018), *Inovação ancestral de mulheres negras: táticas e políticas do cotidiano* (Oralituras, 2019), *Ser prazeres: transbordações eróticas de mulheres negras* (Oralituras, 2020); *Elas e as letras: Insubmissão ancestral* (In-Finita, 2021) e Cadernos Negros volume 43, *Poesia* (Quilombhoje 2021). Idealizadora do projeto Ataré Palavra Terapia. No Instagram atende pelas seguintes arrobas: @adandarasuburbana e @atarepalavraterapia.

FOTO: ACERVO PESSOAL

Debora do Nascimento
é escritora, editora e bibliotecária. Cofundadora da Oríkì editora. É também coautora nas coletâneas *Vértice: escritas negras* (2019), *Favela em mim* (2019) e *Respirar: a emergência é essa* (2020), além de colunista da revista Biblioo. Seu instagram é @debbiblio.

FOTO: ACERVO PESSOAL

Fabiana Pereira
é bacharel em Ciências Sociais, mestranda em Cultura e Territorialidades pela Universidade Federal Fluminense, pesquisadora, suburbana e brincante das manifestações populares. Sua caneta pensa os quintais, as ruas, os corpos e as falas de seus afetos como fonte de escrita e transformação. É coautora das coletâneas *Vértice: escritas negras* (Malê) e *Ser prazeres: transbordações eróticas de mulheres negras* (Oralituras). É também uma das organizadoras desta coletânea. Seu Instagram é @pereirafabiana_.

FOTO: ACERVO PESSOAL

Helena Theodoro
é pós-doutora pelo Programa de Pós-Graduação em História Comparada (UFRJ), doutora em Filosofia (Gama Filho), mestra em Educação (UFRJ) com graduação em Ciências Jurídicas e Sociais (UFRJ) e Pedagogia (Uerj). É presidente deliberativa do Fundo Elas. Foi professora, participou da comissão julgadora do Prêmio Nacional Jornalista Abdias do Nascimento entre 2011 e 2013, coordenou o Núcleo de Estudos Afro-brasileiros da Faetec de 2008 a 2013 e jurada do Estandarte de Ouro do jornal *O Globo* por 27 anos. Seus livros publicados são *Mito e espiritualidade: mulheres negras* (1996), *Os Ibéjis e o carnaval* (2009); *Caderno de cultura afro-brasileira* (2009), *Iansã, rainha dos ventos e tempestades* (2010) e *Martinho da Vila: reflexos no espelho* (2018).

FOTO: ACERVO PESSOAL

Janete Santos Ribeiro, mulher preta, mestre em Educação das Classes Populares pela Universidade Federal Fluminense (UFF), professora de história na escola básica, mãe, maternal cercada de odus fortes que se assentam em tempestades e calmarias. Seu Instagram é @ribeirojanetesan e o Twittter @histeteab

FOTO: ACERVO PESSOAL

Jaque Alves é poeta, escritora, atriz, articuladora cultural, mestre de cerimônia e estudante de Serviço Social. Integrou o coletivo *Movimento Aliança da Praça*. Participou do Módulo de Pesquisa Teatral Continuada na Aldeia Satélite Espaço Cultural com a Cia. Cínicos Cênicos com a peça *Um em cada três* e com a Cia. Utilidade Pública com a peça *Dia útil* e com o núcleo de pesquisa continuada na Escola Livre de Teatro com *Do corpo diariamente encarcerado e a urgência pelo movimento*. Integra os coletivos *Slam Laje* (Batalha de Poesia), *Coletivo Pilares* e o grupo de performance/cênica/poética *PARDOnizadas* com a ação *Sangue Sujo*. Participou do Slam SP 2020. É coautora do livro *Pilares: raízes espelhadas* (2019). Seu Instagram é @jaquealvesoficial_.

FOTO: OLHOS DE ANÚBIS

Juh de Paula
é poeta, mãe, das artes, profissional de Educação Física especialista em treinamento para mulheres e emagrecimento e CEO no centro de treinamento para mulheres Femme Fit Power. Seu Instagram é @juhdepaula.

FOTO: ACERVO PESSOAL

Jurema Araújo
é professora-poeta, participou da revista *Urbana*, organizada pelos poetas Brasil Barreto e Samaral (*in memoriam*) e do livro *Amor e outras revoluções* com diversos outros escritores. É carioca, tem 54 anos, uma filha, três cadelas, uma gata e muitos amigos. É uma das organizadoras desta coletânea.

FOTO: ACERVO PESSOAL

Lourence Alves
é escritora, poeta, cozinheira, professora e idealizadora do Projeto Onje. Filha de Iemanjá, mãe de Carolina Maria, historiadora e gastrônoma. É doutora em Alimentação, Nutrição e Saúde e mestre em História das Ciências e da Saúde. Entre um poema e uma receita, se dedica a pesquisar sobre alimentação, cultura e relações raciais.

FOTO: MARINA S. ALVES

Luciana Luz
é cria da Zona Leste de São Paulo, radicada em Niterói-RJ, candomblecista, escritora, compositora, jurista e ambientalista. Apaixonada por viagens, plantas, águas e cantinhos. Seu Instagram é @falaluciana_.

FOTO: ACERVO PESSOAL

Luciana Palmeira
nasceu em Salvador, na Bahia. É museóloga e historiadora, servidora pública no Instituto Brasileiro de Museus. É autora, em parceria com Cássia Valle, dos livros *Calu, uma menina cheia de histórias* e *Bloquinho de poemas e canções da Calu* e do Programa Patrimônio Cidadão. Ganhadora do APCA 2017 na categoria Literatura Infantil/Juvenil. Contadora de histórias e mãe de Fred Gabriel de 15 anos.

FOTO: ACERVO PESSOAL

Maitê Freitas
é mãe da Ilundy Airá. Jornalista, atriz e documentarista. Mestre em Estudos Culturais na EACH-USP, doutoranda em Mudança Social e Participação Política, pesquisa narrativas autobiográficas e feminismo negro. Produtora e gestora cultural, criou a editora *Oralituras*. Idealizadora e coordenadora da plataforma *Samba Sampa*, da coleção literária *Sambas Escritos*. É produtora-colaboradora do projeto Empoderadas.

FOTO: ACERVO PESSOAL

Miriam Alves
é bacharel em Serviço Social, foi integrante do Quilombhoje Literatura de 1980 a 1989. Escritora com trinta e sete anos de carreira, tem poemas e contos publicados em *Cadernos Negros* a partir do volume cinco (1982). Tem seis livros individuais publicados, entre eles o de poemas *Momentos de Buscas* (1983), o romance *Maréia* (2019) e o mais recente *Juntar Pedaços* (2020).

FOTO: JEAN CARLOS SENO

Rosane Jovelino
é bacharel em Administração, com habilitação em Finanças e Mercado de Capitais, especialista em Gestão Estratégica para Governantes pela UNICAMP-INGÁ-UNIHIDRO-BA, poeta, escritora, líder quilombola, integrante do Núcleo de Mulheres Quilombolas da Bacia e Vale do Iguape — Marias Felipas em Cachoeira-BA. Autora do livro de poesia *Patuá* (2019), tem ainda poemas publicados na *Poiésis: antologias poéticas*. Atualmente vem escrevendo sobre as comunidades quilombolas da Bacia e Vale do Iguape, com artigos publicados em livros e em revistas nacionais e internacionais. Seu Instagram é @sane_viana.

FOTO: ACERVO PESSOAL

Selma Maria da Silva é professora em Políticas Públicas na UERJ, com pós-doutorado em Literatura pela UFOP/GELCI. Mulher negra cis, brasileira, ativista antirracista, feminista negra, professora de literatura, poetisa, leitora e estudiosa de literatura negra brasileira. Publicou o seu primeiro livro individual de poemas em 2019 — *Eu, mulher negra, escrevo*, publicou o conto *Belmira, minha avó* na antologia *Narrativas da Experiência Negra* (2019), participou da antologia *Escrituras Negras II — as marcas* (2021) com o poema *Preta Maria — régia ousadia escrita*. É uma das 180 escritoras do livro *Carolinas — a nova geração de escritoras negras brasileiras* (2021) com o texto *Longe de mim*. Participa, há alguns anos como leitora crítica de *Cadernos Negros* — produção literária anual, organizada e gestada por escritoras e escritores negros brasileiros. Coordena o grupo de estudos e pesquisa Laboratório de Memórias em Educação das Relações Étnico-raciais na Formação de Professores — LabMere. Seu Instagram é @selmariaescritora e seu site selmariaescritora.com.br.

FOTO: ROBSON MAIA

Sheila Martins
é escritora-poetisa, intérprete de libras, mãe, pesquisadora e livreira com a Livraria Ayó. Seu Instagram é @livrariaayo

FOTO: ACERVO PESSOAL

Taís Espírito Santo
é cria da zona oeste do Rio de Janeiro. É escritora, assessora literária e gestora cultural. Sua primeira publicação foi na coletânea *Olhos de Azeviche: dez escritoras negras que estão renovando a literatura brasileira* (Malê, 2017). Depois não parou mais de escrever Em março de 2020 lançou seu primeiro livro infantil: *Ashanti:nossa pretinha*. Filha de Oxalá, é mulher cheia de axé, resoluta, sorriso largo e de bem com a vida.
Seu Instagram é @taisespiritosanto.

FOTO: TAMIRES SANTOS